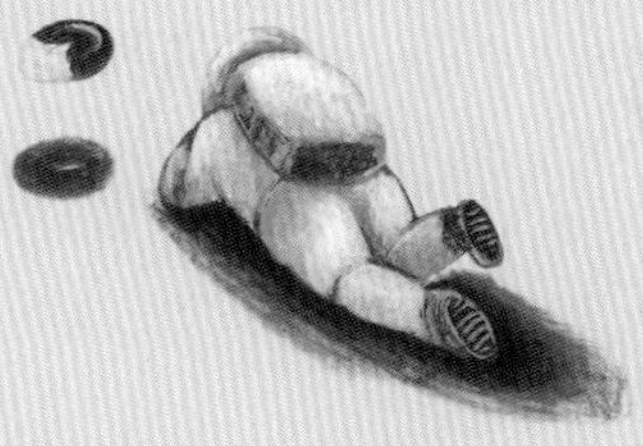

我是月亮

わたし、お月さま

［日］青山七惠 著　刀根里衣 绘

彭　懿　周龙梅 译

上海译文出版社

我是月亮。

当我是月牙或是半月时，已经很美了，
而满月时就更美了，对吗？
人们望着圆圆的我，
发出“漂亮”“太漂亮了”的赞美声，
我在这里都能听得到。
听到赞美声，我好开心啊！

不过，有时我也会有一点寂寞。
因为即使我说“地球太漂亮了”，
也没有人回答我说：“嗯，是太漂亮了。”

每当这种时候，
我就会想起很久以前来拜访过我的一位宇航员。

宇航员抚摸着蒙住我的沙子，
插上一面漂亮的旗子，
还给我讲述了地球上有趣的事情。
更让我高兴的是，
他还给我带来了浇了好多巧克力酱、亮闪闪的甜甜圈！

我们一起眺望着地球，
互相说着“漂亮”“太漂亮了”。

123

我从很久以前开始，就围绕着你们生活的地球，
一个人不停地转啊转啊。

常常会有闪闪放光的银色火箭，
从地球飞往宇宙。
看到这情景，今天我想到了一个好主意。

我也要像那位宇航员一样，到你们那里去旅行！
我要对那位宇航员说：“谢谢你给我带来了甜甜圈！”

所以，嗖——！
我就变小了，
飞到地球上来了。

giocattolaio
15

“哎哟，这是什么呀？”
一个可爱的红发男孩，在小路边上把我捡了起来。
“看，这里有个新皮球！”
一群活蹦乱跳的孩子从四面围了过来。

嘭——嘭——我在孩子们之间飞来飞去。
嘭——！
我又朝远方飞去了。

飞啊，飞啊，接着，我飞到了一片辽阔的麦田。

屋子里，有一个小宝宝在哭。
不过，当我嗖地一下跳到摇篮里，
在枕头边上静静地闪着光……
小宝宝立刻就不哭了，还甜甜地笑了。

这时，在边上看着我的猫咪，
张开大嘴，叼起我，
就从窗口出去散步了。

在麦田里走着，走着，
一个黑影从天而降……是一只大鸟！
它朝猫的后背戳了一下，
猫一眨眼就逃掉了。

鸟用喙夹着我，
在天空尽情飞翔，直到天黑。

不久，夜幕中出现了
一座高楼林立的繁华都市。
这时，鸟张开喙，
嘭地一下把我丢了下去。

就这样，我开始了漫长的旅程。

我有时变成大象的项链，戏水冲凉……
有时钻进大海，藏在贝壳里面……
还有时变成汽车的轮胎，去沙漠探险……

你们生活的地球，
虽然奇异，但真是一个好玩的地方啊！

可是，那位宇航员到底在哪里呢？

就这样，过了很长一段时间，
你们好像已经把我在夜空中发光的事
给忘了似的。

有天晚上，当我把游乐园的一张长椅照亮的时候，
听到一个可爱的小姑娘一边不停地流泪，
一边对边上的老爷爷说：

“爷爷，月亮跑到哪里去了呀？
月亮是不是把我们给忘了？”

老爷爷仰望着天空，说：
“也许是吧。
不过，爷爷永远都记得月亮的事。”

老爷爷从袋子里掏出一个甜甜圈，
递给了哭泣的小姑娘。

“给，把它吃了吧。
月亮最喜欢吃巧克力甜甜圈了。
这可是一个只有月亮、爷爷和你知道的秘密哟。”

我吃了一惊，端详着老爷爷的脸。
头发白了，人也缩小了一点，
但他确实就是那时的那位宇航员。

我在这里呢，我在这里呢！
我在长椅的上方忽闪忽闪地连闪了几下，
可老爷爷没有发觉。

为了能离得更近一点，
我变成一只气球落了下去。

“哇，好漂亮的气球！”
小姑娘不哭了，眼睛瞪得圆圆的，
拉住了我屁股上的那根线。
“怎么这么像月亮呢……
喂，爷爷，月亮现在也在什么地方像这样发光吧？”

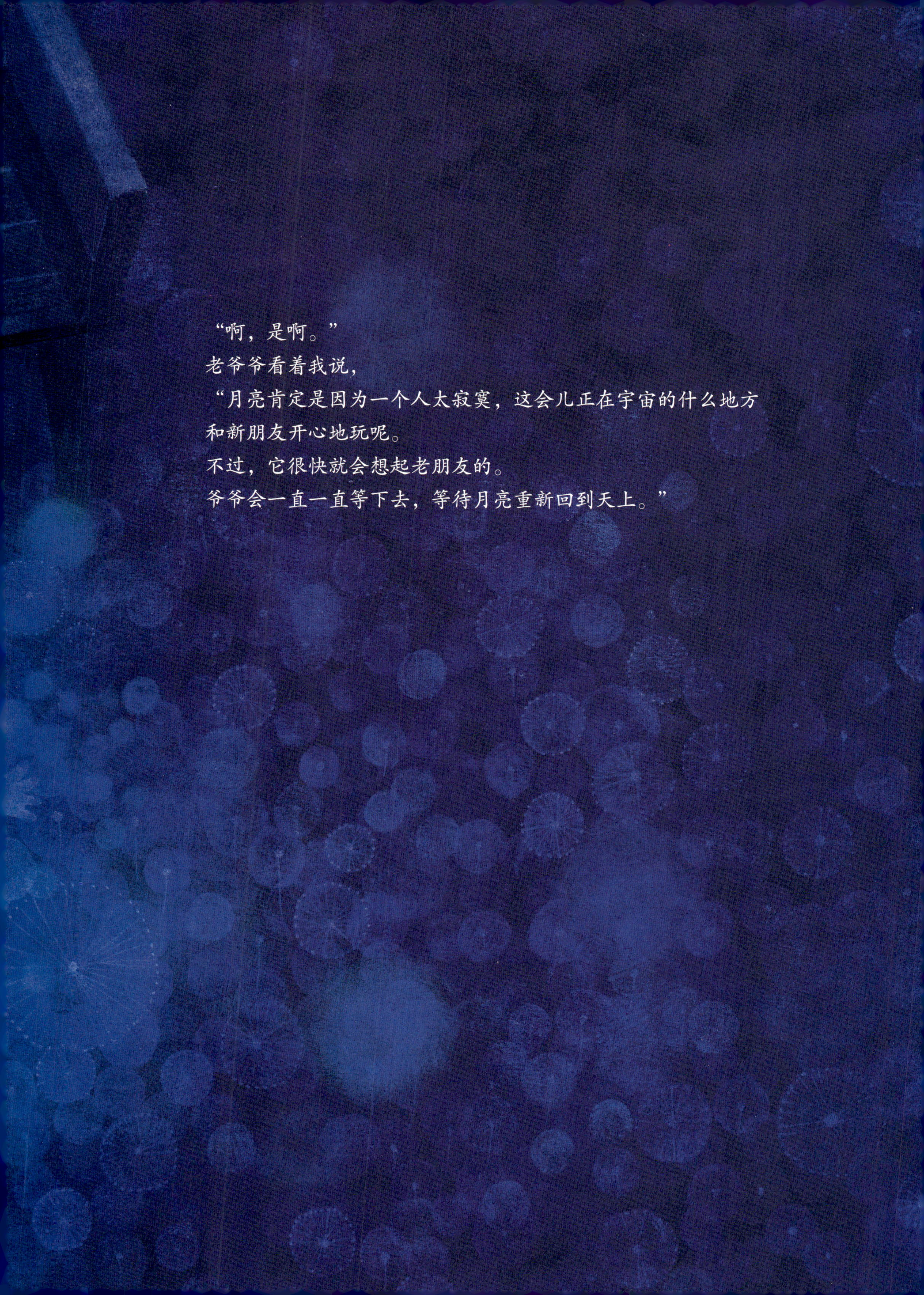

“啊，是啊。”
老爷爷看着我说，
“月亮肯定是因为一个人太寂寞，这会儿正在宇宙的什么地方和新朋友开心地玩呢。
不过，它很快就会想起老朋友的。
爷爷会一直一直等下去，等待月亮重新回到天上。”

“那我也和爷爷一起等吧。”
小姑娘放开了手中的线。
“月亮，你肯定会回到我们的天空上来的。”

于是，我就乘着风，飘啊飘，朝天上升去。

飘啊飘，飘啊飘，我越升越高。

飘啊飘，飘啊飘，
仰头望着我的小姑娘和老爷爷的脸变小了。

飘啊飘，飘啊飘，大海、高山、沙漠上的动物们，
也都渐渐地变小了……

“啊，爷爷，月亮！”

从很远很远的地方，传来了小姑娘的叫声。
我知道，坐在那张长椅上的老爷爷和小姑娘的眼睛
一定啪地一下放光了。

其他的人也都指着我，七嘴八舌地叫了起来：
“哇，月亮！”
“月亮回到天空上了！”

我就一会儿不在家，
你们也太夸张了。
我，只不过是想小小地冒一次险罢了。

今天我会闪闪发亮地挂在这里，一直到早晨。
明天、后天，我永远都在这里闪闪发亮。

我是月亮。
现在，我好开心啊。

图字：09–2011–362号

图书在版编目（CIP）数据

我是月亮／（日）青山七惠著；（日）刀根里衣绘；彭懿，周龙梅译. —上海：上海译文出版社，2021.4
（青山七惠作品系列）
ISBN 978-7-5327-8608-4

Ⅰ.①我… Ⅱ.①青… ②刀… ③彭… ④周…
Ⅲ.①儿童故事—图画故事—日本—现代 Ⅳ.①I313.85

中国版本图书馆CIP数据核字（2021）第043757号

我是月亮

わたし、お月さま

［日］青山七惠 著
［日］刀根里衣 绘
彭懿 周龙梅 译

出版统筹 赵武平
责任编辑 张 鑫
装帧设计 徐小英

上海译文出版社有限公司出版、发行
网址：www.yiwen.com.cn
200001 上海福建中路193号
上海雅昌艺术印刷有限公司印刷

开本 889×1194 1/16 印张2 插页4 字数2,000
2021年5月第1版 2021年5月第1次印刷

ISBN 978-7-5327-8608-4/I・5308
定价：68.00元